LE CHEVALIER BAYARD,

HÉROÏDE,

Par J. L. Lacour,

SOUS-INTENDANT MILITAIRE,

Officier de la Légion-d'Honneur, Chevalier de Saint-Louis
et de l'Ordre du Sauveur de la Grèce,

MEMBRE DE PLUSIEURS SOCIÉTÉS SAVANTES.

LE MANS.

FLEURIOT, IMPRIMEUR-LIBRAIRE,
PRÈS LA PRÉFECTURE.

1841.

LE
CHEVALIER BAYARD,

HÉROÏDE,

Par J. L. Lacour,

Sous-Intendant Militaire,

OFFICIER DE LA LÉGION-D'HONNEUR, CHEVALIER DE SAINT-LOUIS ET DE L'ORDRE
DU SAUVEUR DE LA GRÈCE,

MEMBRE DE PLUSIEURS SOCIÉTÉS SAVANTES.

LE MANS,

FLEURIOT, IMPRIMEUR, PRÈS LA PRÉFECTURE,
1841.

» français du XVIe siècle ne pouvait avoir cette religion de la na-
» tionalité, cette horreur de l'intervention étrangère, communes
» au citoyen romain et au patriote des temps modernes. »

(Connaissances usuelles, v. 8, p. 71 et 74.)

Plus tard, le 5 mai 1527, au lever du soleil, au sac de Rome, le connétable de Bourbon fut tué en s'élançant à l'assaut par l'ouverture d'une brèche que le hasard lui avait fait découvrir. La charge qu'il fit sonner en ce moment, fut pour lui le râle de la mort.

En ce qui touche la glorieuse fin de Bayard, la conduite de ses ennemis fut admirable envers lui : le marquis de Pescaire, général de l'armée espagnole, lui fit dresser une tente; placé ensuite plus commodément sous celle de Lannoy, vice-roi d'Italie, il ne tarda pas à y rendre l'âme. Faute de prêtre, il s'était ingénuement confessé à son maître d'hôtel, et mourut les yeux fixés sur la croix de son épée. Il n'avait que 48 ans.

Ainsi que l'a fait judicieusement remarquer de Berville, Bayard est du bien petit nombre de ceux qui aient vu les larmes sincères des ennemis que, quelques heures auparavant, ils faisaient trembler.

47

Le Mans, ce 15 décembre 1841.

A MM. LES ÉLÈVES

———————

MESSIEURS ET CHERS ENFANTS ,

Heureux celui qui a le droit de vous tenir un langage de
père ! c'est à ce seul titre que je désirerais être écouté.

J'ai voulu rappeler, dans une pièce de vers qui sera lue
prochainement en séance solennelle de notre Société d'Agri-
culture, Sciences et Arts de la Sarthe, les actions les plus
éclatantes et les plus vertueuses du chevalier Bayard.

Voilà le beau sujet, si digne de faire battre généreusement vos cœurs, que je n'ai pas craint d'aborder.

Aucun de nos poètes, autant que j'ai pu m'en assurer, ne l'a jusqu'à ce jour traité. Ce devait être pour moi un motif de plus pour me tenir à l'écart : je n'ai pas eu cette prudence ; aurai-je à me repentir de ma témérité? Je n'ose ni trop craindre, ni trop espérer ; et cependant je viens résolument vous prier d'agréer l'hommage de mon héroïde.

Je voudrais, par-dessus tout, vous démontrer que, pour l'homme de guerre, il n'est réellement pas de gloire véritable si, chez lui, le courage n'est vivement excité et affermi par la vertu. Cette vertu dont la pratique est, pour les belles âmes, si pleine de charmes et de consolations pures, devient pour vous, qui devez un jour professer le noble métier des armes, une force indispensable. C'est un levier avec lequel vous enleverez tout. Et, ne vous y trompez pas, bien plus que dans aucune autre branche de notre grande famille de France, il faut que la vertu, telle que je la comprends, règne en souveraine absolue dans vos rangs ; la raison m'en paraît d'une explication facile.

Où est la force d'un état, lorsque ses principes, son éclat et l'impulsion plus ou moins rapide et hardie donnée au développement de ses lumières, inspirent chez ses voisins de l'ombrage, des susceptibilités et des haines?

Dans son armée, n'est-il pas vrai? Et par expectative, je la vois en vous.

Ainsi, en admettant des succès qu'il est permis d'espérer devant une génération comme la vôtre, qu'auront produit vos armes ?

La soumission, oui, la soumission, et avec elle, n'en doutez pas, l'estime et l'affection des peuples, si les vainqueurs se sont montrés modestes, humains et généreux, et, au contraire, le trouble, de sourdes intrigues, la révolte, l'assassinat, des piéges et des vengeances sans fin, si l'on a voulu demeurer constamment injuste et impitoyable pour eux.

Pour être toujours forts, soyez donc vertueux.

Voilà ce que m'a prouvé la vie du chevalier Bayard.

Nul doute, Messieurs et chers enfants, que, sans remonter à une époque déjà si loin de nous, j'aurais pu hardiment fouiller dans la vie de vos pères. Là, il m'eût été, je le sais, facile de vous offrir, par analogie, d'aussi mémorables exemples *de valeur, de vertu et de fidélité.* Il se peut même, en raison du grandiose du théâtre que nous avons eu devant nous, et de la majesté du Génie qui le remplissait, qu'on les trouverait encore plus imposants. Mais nos héros modernes réunissaient-ils au même degré les perfections que l'on a rencontrées dans Bayard? Question délicate que je ne saurais résoudre..... Et cependant, mon opinion ne peut ici paraître suspecte : mon admiration pour nos braves et les capitaines illustres qui les ont formés, me

fait toujours considérer *le soldat de mon pays comme le premier soldat du monde !*

En ce qui touche mon héroïde, elle devra son salut ou
son succès bien moins à la chaleur et à l'énergie que je
crois y avoir mises, qu'à la beauté du nom de Bayard, et
c'est ce qui m'a encore inspiré la confiance de vous la
dédier.

Je dois maintenant aller au-devant d'un reproche qu'avec
raison tout observateur des règles chronologiques pourrait
me faire.

Ce n'est point une notice historique en vers que je vous
présente : c'est une simple inspiration poétique à laquelle je
me suis abandonné avec plus ou moins de bonheur. Je ga-
rantis l'exactitude des faits glorieux et des actes de vertu
que je rapporte ; mais je n'ai pas suivi, l'histoire à la main,
l'ordre et la date qui s'y trouvent consignés. En voici un
exemple : la belle et tout honorable conduite de l'illustre
chevalier envers la jeune infortunée dont il s'était épris du-
rant l'un de ses derniers séjours à Grenoble, suit de quelques
années la conduite également admirable qu'il tint en 1512,
envers ses aimables hôtesses de Brescia ; et moi, j'en ai fait
le sujet d'un épisode antérieur. Cet anachronisme, que
j'ai volontairement commis, s'explique par la rapidité du
sujet, qui, en quelque sorte, imposait au poète l'obliga-

tion de se rapprocher vivement de la fin glorieuse de Bayard. Pour excuser un désordre qui ne manque pas non plus , sous le rapport dramatique, de produire ses effets, il convient de se transporter avec l'auteur dans un salon : là , il se gardera bien, en s'attachant servilement à l'ordre que prescrit l'histoire, de faire le récit fidèle des plus brillantes et généreuses actions de Bayard ; il les prendra au hasard et par bond , et il se saisira des traits les plus saillants de la vie de son héros : c'est alors qu'il se laisse emporter par le délire qu'ils font naître ; et si l'âme du poète est susceptible , à son tour, d'y jeter quelques étincelles , n'en doutez pas , il les devra plutôt au désordre de ses souvenirs qu'à cette méthode froidement régulière , dont parfois s'épouvante la poésie.

Oui , il m'a semblé, au milieu de la petite tourmente et des agitations fébriles que produisent assez habituellement en moi ces sortes de productions, qu'une voix amie doucement me disait :

> « Le plus riche sujet , sous un esprit rebelle,
> » Ne jettera souvent qu'une pâle étincelle ;
> » Le plus faible , à son tour, s'élève jusqu'au beau,
> » Quand le cœur à l'esprit vient prêter son flambeau.
> » C'est ainsi que l'on peut, sans se donner pour maître ,
> » Recueillir les beautés que tout sujet fait naître. »

Mais l'hommage que je vous fais ici, Messieurs et chers enfants, me laisse-t-il à l'abri d'un second léger reproche que j'aurais rigoureusement à me faire? Cet hommage est-il bien entièrement dégagé, à mes yeux, de toute pensée qui, sans être absolument pénible, n'en laisse pas moins une gêne dont je veux sur-le-champ me soulager?

Pour cela, vous lirez ma lettre en vers, qui suit cette dédicace, et que, le 28 octobre dernier, j'adressai à la femme célèbre dont les ravissants caprices et les pieuses douleurs ont fait plus d'une fois délicieusement couler les larmes de vos sœurs et de vos mères. Vous lirez ensuite cette réponse si belle où vous remarquerez avec moi que jamais peut-être la poésie ne s'est élevée au calme religieux, à la dignité suave, harmonieuse et sainte, pour ainsi dire, qui y règnent. Elle aussi, madame Valmore-Desbordes, vous apprendra dans quel but mon livret devait, dans son principe, descendre à une affection pure et simple du cœur, à l'un des studieux élèves plus d'une fois, comme vous, couronné par moi et sous vos yeux.

Et cependant, Dieu m'entend, j'ai d'abord eu la pensée de donner au Collége de la Flèche cette première preuve d'une affection toute paternelle, et j'en ai été détourné par un assez faible motif. Le voici :

Il me semblait que cet hommage, rendu à vos aimables et vives intelligences, n'était plus qu'une pâle imitation des sentimens de Berville, lorsqu'en 1760 il dédia l'histoire qu'il écrivit du chevalier Bayard, *aux Elèves gentilshommes de l'Ecole Militaire.*

Je vous avouerai ensuite, avec cette franchise que, dans votre belle et pure naïveté, vous mettriez vous-mêmes sur des questions de votre âge, que je crus un instant mon héroïde digne d'être dédiée à votre tout honorable commandant supérieur, M. le colonel d'état-major Maumet, dont le nom plus d'une fois, en de glorieuses circonstances, et notamment en Afrique, fut aussi cité comme celui de l'un de nos vaillants et sages capitaines... Et j'ai reculé encore devant une idée que caressaient pourtant une loyale amitié, une parfaite estime, et cela par des motifs que sa modestie bien reconnue m'épargne de vous expliquer... je dirai plus : dans ma vanité extrême et mes rêves de poète, ne m'étais-je pas élevé jusqu'au nom fameux que naguère vous avez solennellement salué avec des acclamations d'amour, lorsque l'un de vos jeunes et chaleureux professeurs, dans son brillant discours sur les avantages immenses que nous donne l'étude approfondie de l'histoire, en a soudainement montré l'une de ses belles pages, en prononçant le nom de M. le lieutenant-général Schramm.

Voilà, vous le voyez, Messieurs et chers enfants, presque une confession. Je vous révèle ma faiblesse.

Mais, devenu plus calme et bientôt plus modeste, j'ai pensé à mon pupille, à celui que, par une volonté que Dieu seul nous inspire, j'apprends chaque jour à mieux aimer. C'était donc revenir naturellement à vous ; car aimer le pauvre enfant qui n'a plus de père, c'est, n'est-il pas vrai, acquérir des droits à votre amour, à votre estime?... Et l'estime du plus jeune, lorsque sa raison et son cœur sont dirigés par des maîtres bienveillants et sages, est d'un prix qui, chez l'homme fait, et même chez le vieillard, peut encore faire naître un sentiment de fierté.

Si Alfred Piquemal avait eu besoin de s'élever dans ma tendresse, il y serait parvenu par la voie estimable qu'il a choisie. Voici ce qu'il m'écrivait le 14 novembre dernier :

« Vous m'interrogez sur la dédicace que vous voulez faire.
» Je vous préviens que vous ne trouverez pas en moi un
» conseiller impartial. Je vous prierai de donner la préfé-
» rence à ce Collége où j'aurai passé mes plus belles années,
» où, sans chagrin, j'aurai vécu au milieu de personnes in-
» dulgentes, où je me serai créé un avenir, où le destin m'a
» conduit pour vous connaître, et trouver en vous les êtres
» chéris que je perdis si jeune! »

De pareils sentiments étaient trop honorables pour qu'ils ne vous fussent pas révélés.

C'est donc Alfred Piquemal à qui je dois la résolution tardive, mais excusable actuellement à vos yeux, de vous avoir dédié mon petit poème sur le chevalier Bayard. Vous le lirez avec intérêt; et moi, je vous devrai de la reconnais-sance si, à la suite de mon trop court passage comme membre de l'Intendance militaire, dans ce royal établissement, mon nom laisse au milieu de ses administrateurs et parmi vous le souvenir d'un vieil ami du soldat, dont toute la joie et les vœux constants sont de vous voir répondre avec bonheur, pour vous et pour la France, aux vues d'un Prince qui, plus tard, pourra aussi compter, parmi les braves sortis de vos rangs, des cœurs noblement éprouvés, des guerriers toujours fidèles, et aussi, n'en doutons pas, *des Chevaliers sans peur et sans reproche.*

J.-L. LACOUR.

Marceline Valmore-Desbordes,

EN LUI ENVOYANT MON MANUSCRIT

Sur le chevalier Bayard.

———◆———

Marceline, ma sœur, de grâce, écoutez-moi (1) ;
Le vieil ami poète éprouve grand émoi ;
 Il vient vous consulter sur une grave affaire :
Il s'agit de ses vers... Dites, qu'en doit-il faire ?
Mon livret à la main, moi, faible et pâle auteur,
Irai-je mendier le nom d'un protecteur,

(1) L'on ne s'étonnera pas du nom de *sœur* que je donne à cette femme célèbre, si l'on veut se reporter aux notes qui font suite à mon *Amour Maternel*, et où j'ai dit :
    « J'avais emporté avec moi les larmes, les derniers conseils et les bé-
» nédictions d'une mère bien-aimée (alors, et c'était en 1799, j'allais
» me rendre à Saint-Domingue), et le bonheur que j'éprouvais à
» parler de sa tendresse à qui voulait m'entendre, me valut bientôt,
» à Rochefort, l'amour presque maternel de celle qui donna le jour
» à Mme Marceline Valmore-Desbordes. »

Aborder humblement un très-haut personnage,

Et, masquant mes terreurs sur un prochain naufrage (1),

Le prier, supplier de lire avec bonté

L'œuvre à laquelle **Soult** mettrait de la beauté?

A ce prix n'allons pas (moins que moi dût-il vivre)

Dédier au pouvoir mon pauvre petit livre.

Bien mieux vaut conserver *malheur et dignité*

Que bienfait obtenu par l'importunité.

Vous, si belle en vertu, vous, que la France honore,

Vous pensez comme moi, n'est-il pas vrai, Valmore?

A qui donc vais-je offrir mon noble chevalier?

Serait-ce à vous, vaillant et sage Négrier, (2)

Que chérit le Français et que l'Arabe admire;

A vous qui sur vous-même avez si grand empire;

A vous, dont l'âme pure et l'imposant regard

Respirent fièrement la beauté de Bayard?

Non, non, gardons-nous bien de cette ardeur extrême

Qui m'exalte au beau nom que j'estime, que j'aime;

Oublions avec lui ses glorieux combats...

Il soumit cent tributs... lui seul n'en parle pas.

(1) Mon admission à faire valoir mes droits à la retraite.

(2) Gouverneur actuellement de la province de Constantine, et l'une des plus brillantes réputations de l'armée.

— « Assez (me dirait-il), pas un mot de victoire ,

» De faits dont se grossit légèrement l'histoire ;

› Ne me nommez jamais , parlez de nos soldats...

» Tout général doit vaincre , avec de pareils bras (1).

— J'obéis , je me tais , je quitte Constantine (2) ;

Et partout même vœu me poursuit , me domine :

Dans nos ports , dans nos camps , *mon Bayard à la main*,

Je vois mille guerriers bien dignes du burin...

En tous lieux l'honneur brille , et sa vive lumière

Me montre Duvivier (3), Bedeau , Lamoricière (4),

(1) J'ai plus d'une fois entendu ses simples et chaleureuses allocutions : il y régnait une poésie militaire excessivement remarquable ; elle m'a souvent remué.

(2) J'étais le sous-intendant militaire de cette place, en 1838.

(3) J'étais avec lui, en 1837, à Ghelma , et témoin de la manière vigoureuse et de la puissance du coup d'œil qu'il mit à repousser 3 à 4000 Arabes, lorsque notre camp ne renfermait pas 600 hommes valides.

(4) Lui, qui fut si brillant à l'assaut de Constantine. Il fut horriblement défiguré par l'explosion qui fit périr en si grand nombre l'élite de nos braves. Lamoricière , à cette fameuse journée, commandait les Zouaves.

C'est au pied de la brèche qu'un jeune maréchal-de-camp, tout prêt à s'y élancer, regardait presque comme un outrage l'ordre qui s'opposait à ce que , lui aussi bien que tout autre officier-général , obtînt cet honneur. Et ce jeune homme, qui montrait ici une ardeur, une impatience si noble, était le duc de **Nemours**, prince dont le courage et le calme imperturbable, lors du siége célèbre de Constantine , ont plus d'une fois excité l'admiration de nos vieux et vaillants capitaines.

Changarnier, Cavaignac, tous chevaliers français ;

Et c'est en vain près d'eux que je brigue un succès.

Et pourtant mon hommage est pur, il est sincère ;

De le voir accueilli vraiment je désespère....

Ma raison, mon orgueil en sont même abattus,

Et si Bayard vivait, il en serait confus...

O ciel ! en ce moment une lueur divine

Me dessille les yeux, rend l'air à ma poitrine,

Et ce nom pour lequel j'ai tant et tant rêvé,

Qui m'échappait sans cesse, enfin je l'ai trouvé !

Il vous plaira, Valmore, un ange me l'inspire,

Et cet ange est le vôtre ; il daigne me sourire :

C'est celui d'un enfant, d'un aimable orphelin (1),

Bien pauvre, mais bien fier de son heureux destin :

Il servira son Roi, l'honneur et la patrie ;

Déjà son cœur palpite à leur voix si chérie.

Laborieux, modeste, à ses devoirs soumis,

Cet élève sera... que dis-je ? il est mon fils !

Et puisqu'il cède au cri de la reconnaissance,

Il faut qu'avec ivresse il adore la France,

(1) Jeune homme âgé de quinze ans et demi, élève du Collége Royal et Militaire de La Flèche. Son père fut un des vaillants capitaines des chasseurs de la vieille garde impériale. Il est orphelin de père et de mère. Il a deux frères et une sœur chez lesquels la résignation, la vertu et le courage sont aussi héréditaires.

Qu'il lise quelquefois l'illustre chevalier,

Et chez lui la vertu formera le guerrier.

Il m'en laisse l'espoir, espoir que je caresse

Comme prix le plus doux qui flatte ma tendresse.

Un jour Dieu bénira son amour filial ;

Il voudra le grandir... Son nom est *Piquemal*.

Et vous, ma noble sœur, accordez votre lyre,

D'où jaillit plein d'amour un vertueux délire ;

A nos cœurs répondez par cette voix du cœur

Qui rend aux malheureux le calme et le bonheur.

Ici, le vieil ami pourrait faire un volume ;

Il s'arrête..... A vos pieds il dépose sa plume.

LACOUR.

Le Mans, ce 28 *octobre* 1841.

Paris, 2 novembre 1841.

Monsieur ,

J'ai lu vos vers : je les comprends et je les aime. J'ai lu votre lettre, et je la comprends moins. Dites, que voulez-vous de moi ? De l'intérêt pour votre enfant adoptif : il n'est pas un moment douteux. Quelle preuve en souhaitez-vous ? S'il en est une au pouvoir de mon obscurité, je serai heureuse de l'offrir, et je vous remercie de n'en avoir pas douté ; vous me connaissez encore. Fallait-il que les vers demandés se rejoignissent au sujet que vous avez traité ? Le sujet est bien haut pour une femme demeurée aussi femme que moi ! N'ayant pas au juste saisi votre idée, je vous envoie la plus humble preuve de mon impuissance, et pourtant de ma déférence à votre désir, puisque le motif en est si pur et si honorable pour vous. Si, dans quelques circonstances imprévues de ma vie inutile sur la terre, je pouvais vous remplacer ou vous seconder pour l'avenir de ce jeune homme, dont je vous renvoie les lettres, qui vous sont assurément chères, alors ressouvenez-vous encore que vous avez connu ma mère, et que l'avoir aimée, c'est garder un droit éternel à l'affection de

Marceline DESBORDES-VALMORE.

« EN NAISSANT J'AI PLEURÉ ,
» ET CHAQUE JOUR M'A DIT POURQUOI. »

—

MOI, JE LE SAIS.

A Louise C...

Vous le saurez, la vie a des abîmes
Cachés au loin sous d'innombrables fleurs ;
Les rossignols qui chantent à leurs cimes,
Où chantent-ils dans la saison des pleurs ?
Vous le saurez, la vie a des abîmes
Cachés au loin sous d'innombrables fleurs.

Oui, la jeunesse est le pays des larmes ;
Moi, je le sais ; j'en viens ; je pleure encor,
Le front brûlant de ses feux, de ses charmes,
Le cœur brisé de son dernier accord.
Oui, la jeunesse est le pays des larmes ;
Moi, je le sais ; j'en viens ; je pleure encor.

Lorsqu'on finit d'être jeune, on s'arrête ;
A tant de jours on veut reprendre un jour :
Ils sont partis, et l'on penche sa tête,
D'un tel voyage à quand donc le retour ?
Lorsqu'on finit d'être jeune, on s'arrête ;
A tant de jours on veut reprendre un jour.

2

Souffrant tout bas de ses mille blessures,
On croit mourir : voyez, on ne meurt pas.
De tous serpents Dieu guérit les morsures,
Et le dictame est semé sous nos pas.
  Souffrant tout bas de ses mille blessures,
On croit mourir ! On plie, on ne meurt pas.

  Rappelez-vous ce chant d'une glaneuse
Qui s'arrêta pour serrer votre main.
Si du bonheur l'étoile lumineuse
Vous mûrit mieux les épis du chemin,
  Rappelez-vous ce chant d'une glaneuse
Qui s'arrêta pour serrer votre main !

Marceline DESBORDES-VALMORE.

LE

CHEVALIER BAYARD. [A] (1)

La vertu seule prête un lustre au vrai courage ;
Elle seule le rend calme devant l'orage ;
Du guerrier qui l'écoute au milieu des combats
Elle enflamme le cœur, elle affermit le bras ;
Avec elle il devient humain, sage et terrible ;
Plus il l'honore et plus il se sent invincible ;
Et s'il faut qu'il accepte un glorieux trépas,
La vertu le grandit, son nom ne périt pas.

En refoulant le temps sous nos vieilles bannières,
J'ose chanter ici le héros de Mézières, **B**
Bayard, dont la vertu, la vaillance et la foi
Armèrent chevalier son général, son Roi. **C**

(1) Les lettres placées ainsi à la fin des lignes, renvoient aux
Notes historiques, p. 53 et suivantes.

Ombre du chevalier sans peur et sans reproche,
Qu'avec respect vers toi tout cœur français s'approche,
Disons avec amour, avec les mêmes yeux
Qui nous montrent un ciel plus doux, plus radieux,
Et font naître en nos sens une subtile flamme,
Alors qu'un cri d'honneur vient réveiller notre âme,
La saisir, remuer ses plus secrets ressorts,
L'embraser, la livrer à de nobles transports :
Voilà le feu sacré que Bayard nous rappelle,
Dont parmi nous il reste une cendre éternelle,
Cendre par qui jamais un front n'est abattu,
Car elle imprime et joint la force à la vertu !

Et vous, jeunes guerriers dont tout le sang bouillonne
En songeant aux lauriers que vous promet Bellone,
Qui, rompus dès l'enfance au métier du soldat,
Avec le cœur du brave enviez un combat,
Bayard, vous le savez, prouve que la vaillance
N'est rien sans la vertu, n'est rien sans la prudence,
Qu'elle n'est rien non plus sans la fidélité ;
Qu'en tout temps la clémence et l'intrépidité
Furent et resteront en France héréditaires...
Voilà pour vous les biens que nous lèguent nos pères.
Ce qu'ils nous ont transmis ne peut être effacé :
Fiers aussi du présent, honorez le passé.

Celui qui de la gloire aime à goûter les charmes,
Aura pour le malheur de généreuses larmes ;
Il n'en rougira pas. Ferme dans le danger,
Il saura bien se battre , et non pas outrager.
Jamais sans le fléchir un vaincu ne l'implore ;
Il s'émeut , court à lui, le relève , l'honore ,
Trouve des mots heureux qu'inspire la pitié ,
L'aide à marcher, lui rend les soins de l'amitié ;
Il va , revient, se presse ; il cherche une onde pure ,
Fait de son casque un vase et lave une blessure.
Voilà ce que j'ai vu dans d'immortels combats ,
De nos jours , sous l'Empire... Et c'étaient nos soldats !

Gardons-nous d'accorder une lueur de gloire
A celui qui craint peu de flétrir sa victoire ,
Qui, cruel ou trop faible, ose fermer les yeux
Sur les hideux excès d'un soldat furieux...
En ne l'arrêtant pas , il partage son crime.
Si sans honte un soldat foule aux pieds sa victime ,
S'il l'avilit , l'insulte , et , tout couvert de sang ,
Cherche et poursuit la vie encore dans son flanc ;
Si la voix du vieillard n'est jamais entendue ;
S'il arrache une fille à sa mère éperdue ;
S'il répond par le fer au cri de la douleur ,
Et le monstre et le chef inspirent même horreur.

Trop de fois on a vu d'affreuses représailles
Auxquelles souriait le démon des batailles ;
Trop de fois on a vu, sous de funeftes jours,
Le fleuve de la gloire en dehors de son cours.
Il est doux de penser, dans le siècle où nous sommes,
Que, lorsqu'ils sont vaincus, nos ennemis sont hommes ;
Qu'on ne peut, à l'instar du farouche Africain,
Saluer la Victoire une tête à la main ;
Mais on ne peut rougir d'une juste vengeance,
Ni d'un traître assez tôt châtier l'insolence ;
Et si d'un coup mortel vous le voyez atteint,
Bénissez Dieu ; mais Dieu veut aussi qu'il soit plaint.

Ainsi faisait Bayard : il débute à Fornoue, **D**
Combat sous Charles Huit ; avec la mort il joue ;
Au rang des vieux guerriers blanchis sous le harnois,
Pour lui cette journée est un simple tournois. **E**
Plus tard, et tout bouillant du feu qui le transporte,
Il laisse en arrière et pont-levis et porte,
Entre seul dans Milan, ne s'imaginant pas
Que pour vaincre on ne pût s'élancer sur ses pas,
Qu'un instant la valeur dût céder à la force ;
Enfin, le jeune preux montre à Ludovic Sforce
L'audace et l'héroïsme en leur naïveté ;
Et Sforce, en l'admirant, lui rend la liberté. **F**

Comme trait de vigueur que l'histoire rappelle ,
Citons avec orgueil le chevalier modèle ,
Lorsque Sotomayor devint son prisonnier. **G**
Par sa parole seule il voulut le lier ;
Il fait plus , il lui donne un palais pour demeure ,
Ordonne des égards , le visite à toute heure ,
Ne voit en lui qu'un frère ; et l'Espagnol félon
Prend la fuite en osant honnir un si beau nom.
Bayard en a bientôt tiré juste vengeance :
En champ clos contre lui , fer au poing , il s'élance ,
Et la foudre est moins prompte , il lui perce ce cœur
Ingrat envers Bayard , ingrat envers l'honneur.

Hâtons-nous de le suivre un instant dans Grenoble.
Quel acte de vertu nous paraîtra plus noble ,
Plus digne de respect , que Bayard amoureux ,
Luttant contre lui-même , en proie à tous ses feux ?
Une mère... (ô mon Dieu ! cachons bien sa famille)
Au galant chevalier ose vendre sa fille. **H**
A ses pieds , tout en pleurs , tombe la pauvre enfant :
Le vice la livrait , la vertu la défend.
Bayard entend l'aveu d'une pure détresse :
Il frémit , à son tour , d'un moment de faiblesse ,
Comble la belle enfant de grâces , de bienfaits.
Honneur ! encore honneur au chevalier Français !

Les héros demi-dieux dont se vantait la Grèce,
Et les guerriers dont Rome admirait la sagesse,
Nous apparaissent-ils plus grands, plus vertueux,
Que Bayard lorsqu'il court préserver Jules Deux
Du breuvage de mort qu'un prince lui prépare ? **I**
Et Jules cependant veut envahir Ferrare,
Surprendre Mirandole... Ainsi l'Ambition
Brise pour nous sa pure et sainte mission ;
L'Erreur cherche à voiler les *vérités sublimes*,
Et leurs beautés font place aux brûlantes maximes.
Ah ! si l'Histoire en deuil nous prête ses flambeaux,
Éteignons-les ici, pour la paix des tombeaux !

Bayard poursuit le cours de sa haute fortune.
Quelle défection vient le troubler ? Aucune.
Dans les jeux, les plaisirs, il est au premier rang ;
Dans les combats il vole et prodigue son sang.
Et de gloire et d'amour son audace est suivie.
A Louis d'Ars, en Pouille, il a sauvé la vie ;
Défendu par lui seul, un pont devient un fort ; **J**
Nouvel Horace, il frappe, et qui l'approche est mort.
Dans les champs d'Agnadel, par sa marche hardie,
L'impétueux Bayard nous rend la Lombardie ; **K**
Les Génois révoltés ont connu sa grandeur :
Ils redoutaient un juge, ils trouvent un sauveur. **L**

Quittons ce grand théâtre et de scènes cruelles,
Et de combats fameux, et de vertus si belles;
Voyons Bayard alors que son œil enchanté,
En cherchant les périls, rencontre la beauté.
En ces temps, elle était... (aimons-en la mémoire)
Le prix de la valeur, l'ange de la victoire.
Sans dire de nos preux les brillantes amours,
N'en serait-il donc pas de même de nos jours?
Oui, pour nous pareil prix est toujours bien suprême;
Par ces mots, ces seuls mots. *Gloire à celui que j'aime!*
Quel Français, pour vous plaire ou prompt à vous venger,
Femmes, ne s'écrierait : *J'adore le danger!*

Sous le ciel azuré de la belle Italie,
Sous ce soleil si doux où tout revers s'oublie;
Sur ce sol embaumé, funeste à plus d'un cœur,
Où souvent le vaincu triomphe du vainqueur,
Où d'un sage à son gré la Volupté se joue,
Et l'enivre, en riant, des parfums de Capoue, M
Bayard, dans Brescia, chérissait ses douleurs; N
Blessé, mourant, il sait qu'on lui donne des pleurs;
Qu'en soins pieux, touchants, s'épuise son hôtesse;
Qu'une mère est pour lui moins belle en sa tendresse;
Que ses filles sont là, deux ravissantes sœurs;
Et, sous leurs yeux la mort aurait donc des douceurs! O

Las ! en vain je voudrais peindre *Jsaure* et *Palmyre* :
En elles tout est pur : le regard, le sourire ;
Et la beauté de l'âme, et la grâce du trait,
Et cet ensemble exquis qui seul rend tout parfait.
Chaque sœur à l'envi près du malade veille :
Recueillement, silence et vœux, dès qu'il sommeille ;
Oui, des vœux bien ardents pour le preux chevalier ;
Et trouble pour le cœur qui veut toujours prier,
Trouble heureux dont tout bas s'étonne l'innocence,
Que suit et que caresse une chère espérance ;
Il lui semble si doux d'honorer le malheur !
Et parfois, on le sait, la Pitié trompe un cœur.

Mais quelle est cette voix incisive, sonore,
Qui ranime Bayard et l'électrise encore ?
C'est la voix de Gaston, du glorieux Nemours, **P**
Qui veut aussi veiller sur de précieux jours ;
C'est lui qui, tout brillant des beaux feux du jeune âge,
A l'illustre blessé vient rendre un juste hommage.
« — Tu vivras, lui dit-il, le ciel entend nos vœux ;
» Avec Bayard, pour moi plus de succès douteux ;
» Tu nous ramèneras les plaisirs et la gloire.
» Hé ! comment devant nous pourrait fuir la victoire ?
» Pour guide mon armée aura ton étendard ;
» Pour conseil, pour ami, Gaston aura Bayard ! »

Enfin, Bayard respire! il renaît, plus de donte.
Quelle joie! il sourit! Avec charme on l'écoute.
Puis, relevant la tête, il s'écrie : *O mon Roi!*
Je pourrai donc bientôt combattre encor pour toi ! ℚ
Et soudain flotte au vent sa belle chevelure ;
Son œil lance l'éclair; il cherche son armure,
La saisit, s'en revêt, marche avec liberté,
Prend son casque : c'est Mars, dans toute sa fierté !
Pour les sœurs quel moment! Elles tremblent, soupirent,
N'osent l'interroger, le regardent, l'admirent ;
D'elles, chaque matin, il recevait des fleurs...
Cette fois, la rosée a fait place à des pleurs.

O ciel! il partirait... Ah! qui va le distraire
De ce cruel projet? D'abord on cherche à plaire.
De tous soins caressants le plus ingénieux,
Chez femme un peu jolie, est de charmer les yeux :
Elle voudrait ici que même la nature
Pût s'offrir à Bayard dans toute sa parure ;
Qu'elle s'unît d'amour à ses propres attraits ;
Qu'un aussi doux accord sût vaincre le Français ;
Qu'attendri, désarmé par leur ligue chérie,
Même il ne craignît pas d'oublier sa patrie...
Déplorable succès qui tuerait le bonheur :
Jamais un amour vrai n'a marché sans l'honneur.

« Brave et bon chevalier (lui dit la blonde *Isaure*),
» Vous partez ; nous faut donc gémir, trembler encore.
» Qui nous protégera , si vous quittez ces lieux ?
» Notre patrie en pleurs sur vous levait les yeux ;
» Elle voyait un père , et Bayard l'abandonne !
» Ma sœur, sachons mourir...»Et tout son corps frissonne !
Plus sûre de sa force et de sa dignité ,
Palmyre veut du moins montrer quelque fierté ,
Et, noble en sa douleur, elle saisit sa lyre,
La quitte, la reprend, et dans son pur délire ,
En tire sans effort les sons les plus touchants...
Comment fuir ! le ciel même est sensible à ses chants !

Oui , Bayard doit partir ; il connaît sa faiblesse :
Pour mieux en triompher, à lui donc la sagesse !
Il sait où peut conduire une fatale erreur,
Que l'amour n'est qu'un jeu dont s'alarme un grand cœur ;
Avec effroi peut-être il découvre lui-même
Que son âme est en feu , qu'avec ivresse il aime !
Un soldat serait-il le jouet d'un enfant ?
Encore cette fois sa vertu le défend.
C'est elle qui bientôt va le rendre à la France ,
A la gloire, à l'armée, à son impatience,
Et qui va de nouveau prouver, au champ d'honneur,
Ce qu'on peut quand on est *sans reproche et sans peur.*

Mais il doit s'acquitter d'une dette sacrée,
Dette du cœur envers la famille adorée;
Il n'est plus étranger, c'est la sienne aujourd'hui :
Il dotera les sœurs; son or n'est pas à lui. **R**
De leur seul avenir son âme est occupée;
Pour fortune Bayard n'a-t-il pas son épée ?
C'est à leurs pieds qu'il tombe et dépose son or.
Leur résistance est vaine, il a plus qu'un trésor :
Il voit couler les pleurs de la reconnaissance !
Il a fait des heureux, voilà sa récompense ;
Et, fier de voir aimé le chevalier français,
Lui-même avec orgueil emporte ses regrets.

Plus de rêves d'amour, plus d'indignes entraves,
Ni de ces fers dorés qui plaisent aux esclaves,
Bayard les brise tous... *Gloire*, *Patrie*, *Honneur*,
Sont les seuls mots sacrés qui font battre son cœur !
Que ne peut-il déjà franchir une barrière,
Fondre sur l'Espagnol, enlever sa bannière,
Et le voir à ses pieds... — « Approche mon coursier,
» Toujours noble, superbe, ardent sous le guerrier;
» Montre-moi ta fierté, ta force, ton courage;
» Que la foudre et la mort roulent sur ton passage ;
» Frappe du pied la terre, appelle les combats,
» Hennis de joie, hennis, voici mes vieux soldats ! »

Et le nom du héros vole de bouche en bouche ;
Et le soldat accourt ; et c'est à qui le touche :
L'un, saisi de respect, baise son étrier ;
Et l'autre, plus hardi, prend la main du guerrier.
— C'est bien lui, c'est Bayard ! — Et l'écho le répète ;
Et l'ennemi l'entend : pour lui c'est la tempête !
« Qu'il serre bien ses rangs, qu'il prenne garde à lui :
» Bayard revient, Bayard veut combattre aujourd'hui ! »
Partout la joie éclate, et le camp s'illumine ;
C'est plus qu'un saint transport qui l'éclaire et l'anime :
C'est un père adoré qu'en leurs bras triomphants
Portent, fiers de leur poids, de glorieux enfants ! **S**

— « Assez (leur dit Bayard en essuyant ses larmes),
» Assez ; invoquons Dieu, qu'il bénisse nos armes ;
» Qu'il nous aide à briser les portes de Milan ; **T**
» Peut-être il nous réserve un second Marignan ! **U**
» Amis, à cheval ! Honte à qui nous abandonne ! **V**
» Plus de repos pour nous, il faut sauver Crémone ! » **W**
— Il dit, il fait. — « Demain, soldats, que notre acier
» Entre vos mains de fer ouvre plus d'un cimier ;
» Demain, au point du jour, nous surprendrons Pescaire ; **X**
» Faites ce que l'honneur vous a toujours vu faire,
» Et donnons franchement ; point de charge à demi !
» Demain, la pointe au corps, abordons l'ennemi.

Et demain le Guerrier, couché sur la poussière,
Ne les reverra plus géants sous sa bannière ;
L'arquebuse le frappe ; elle a porté la mort !...
Du traître qui le plaint c'est lui qui plaint le sort. Y
Il lui dit, en baisant la croix de son épée :
« *Elle du sang français du moins n'est pas trempée ;*
« *Et tu verses le mien !... Je te pardonne... Adieu !* »
Le héros a compris la parole de Dieu ;
Il expire... Et son âme, aussi pure que belle,
Joint son rayon de gloire à la gloire éternelle !...

Ainsi mourut **Bayard**, pour la France et son Roi,
En soldat, en chrétien, plein d'amour et de foi !

AVERTISSEMENT.

Les Notes historiques qui vont suivre forment un corps d'ouvrage plus volumineux que ne le sont les vingt-quatre strophes de
mon héroïde. On en pourrait conclure que j'ai visé à un luxe d'an-
notations qu'habituellement MM. les auteurs ne manquent pas de
répandre avec une certaine complaisance. Je n'en excepte même
pas d'illustres écrivains.

Je me bornerai à faire remarquer que, dans le principe, ainsi
que je l'ai dit, mon héroïde devait être dédiée, à titre d'encoura-
gement, à un jeune élève du Collége militaire de La Flèche. Dès
lors il sera aisé de reconnaître que, malgré la richesse et la solidité
de l'enseignement professé, avec un éclat soutenu, dans ce royal
et paternel établissement, j'ai pensé à mon pupille, et que, dans
l'intérêt encore de son instruction, je n'ai pas dû craindre de puiser un peu largement chez tous ceux qui ont écrit sur la vie du
chevalier Bayard.

NOTES

HISTORIQUES

A *Bayard* (Pierre du Terrail) naquit en 1476, au château de Bayard, à six lieues de Grenoble, et ses ancêtres payèrent plus d'une fois de leur sang la dette sacrée que les preux chevaliers contractaient, dès leur bas âge, envers leurs souverains et leur patrie.

Son trisaïeul avait été tué aux pieds du roi Jean, à la bataille de Poitiers, le 17 septembre 1356 ; son bisaïeul et son aïeul avaient eu le même sort, le premier à la bataille d'Azincourt, en 1415, et le second à la bataille de Montlhéri, en 1465.

Ainsi donc, peu de nobles maisons avaient déjà acquis autant de titres à la gratitude et à la bienveillance de leurs Rois.

Né sous Louis XI, Bayard combattit successivement sous Charles VIII, Louis XII et François Ier, et l'on ne saurait précisément dire sous lequel des trois règnes se montra plus digne d'admiration la beauté de ses vertus, de son dévouement et de son courage.

La mémoire de Bayard resta populaire jusqu'à Henri IV, qui, si l'on veut être religieusement juste, sut peut-être l'égaler en gloire, et non pas en vertus.

Le noble et preux chevalier, en admettant qu'il n'eût pas appartenu au *christianisme* pur, n'eût jamais dit : *Paris vaut bien une messe.*

Bayard, comme Henri IV, est en effet l'heureux type du soldat français : « Aimant avec ivresse la gloire et le plaisir, les périls et
» les femmes : sachant allier (nous dit l'historien Mézerai), ce qui
» est très-rare, les vertus militaires et les vertus chrétiennes, et la
» douceur et la courtoisie avec la hardiesse et la valeur. »

La vie militaire de Bayard a été écrite par Godefroy, en 1619, et dédiée à Louis XIII. (2ᵉ Edition.)

M. G. de Berville publia, en 1760, l'histoire de l'illustre chevalier, et il dédia son livre *aux Elèves gentilshommes de l'Ecole Militaire.*

Jean Cohen, à son tour, marchant assez fidèlement sur les traces de ses devanciers, en a publié une beaucoup plus moderne ; elle a paru en 1822.

On reconnaîtra facilement que, pour la rédaction de mes notes, j'ai puisé un peu partout, particulièrement chez de Berville, dont la modestie et la bonhomie m'ont singulièrement plu. Il s'exprime, dans sa préface, en honnête homme, en digne citoyen, *n'ayant en vue que le bien et l'honneur de sa patrie ; recommandant vivement à la jeunesse l'histoire de son héros, toujours si digne de lui être présenté comme l'un de nos plus parfaits modèles.* De Berville attache infiniment plus de prix aux utiles leçons que les élèves gentilshommes doivent en tirer, qu'à un succès littéraire ; il se réjouit, avec cette bonne foi à laquelle j'applaudis, de pouvoir dire comme Horace sur ses vieux jours : *non omnis moriar.*

B *J'ose chanter ici le héros de Mézières.*

« *Il n'y a point de place faible, là où il y a des gens de bien*
» *pour la défendre.* »

Ce fut la réponse de Bayard à François Ier, lorsque, dans son conseil, on agita la question de brûler Mézières et de dévaster tous les environs, pour affamer l'armée ennemie.

Avec quelle simplicité de langage et quelle énergie d'âme ne cherchait-il pas à relever la confiance et le courage de ses soldats !

Camarades, leur disait-il, *nous sera-t-il reproché que cette ville soit perdue par notre faute, vu que nous sommes si belle compagnie ensemble, et de si gens de bien? Il me semble que si nous étions dans un pré, n'ayant devant nous qu'un fossé de quatre pieds, encore combattrions-nous un jour entier, avant que d'être défaits. Dieu merci, nous avons fossés, murailles et remparts, où, je crois, avant que les ennemis mettent le pied, beaucoup des leurs dormiront aux fossés.*

Ici, ce n'est pas seulement une simple allocution où se montre dans toute sa naïveté le cœur du vaillant capitaine, Bayard veut encore, pour exciter le zèle des travailleurs, mettre lui-même la main à l'œuvre; il fait plus: il leur distribue, de ses propres deniers, une somme de *six mille écus.*

Aussi, Bayard sut défendre si vigoureusement Mézières, qu'il contraignit les impériaux, que commandaient le comte de Nassau et le fameux Sickingen, à en lever le siége. Ce fut pour la première fois peut-être que Bayard joignit la ruse au courage, en jetant la division parmi les généraux ennemis. (Ceci se passait en 1521.)

C *Armèrent chevalier son général, son Roi.*

Ce fut en 1515, immédiatement après la célèbre bataille de Marignan, que François Ier voulut se faire armer chevalier par Bayard, connu déjà depuis long-temps sous le nom de *Chevalier sans peur et sans reproche.*

« Celui-ci se défendait de cet honneur, se voyant en présence du

» connétable, des princes du sang, et de plusieurs généraux qui
» lui paraissaient y avoir plus de droits que lui, mais qui tous
» applaudissaient au choix du monarque. Cédant enfin à leurs ins-
» tances et à celles du prince, Bayard tira son épée, et du plat
» frappant le Roi sur le cou:

» *Sire, lui dit-il, autant vaille que si c'était Roland où Olivier,*
» *Godefroi ou Baudoin, son frère. Certes, êtes le premier prince*
» *que oncques fis chevalier; Dieu veuille qu'en guerre ne preniez*
» *la fuite.* » Regardant ensuite son épée avec une joie ingénue :
« *Tu es bien heureuse, mon épée, dit-il, d'avoir aujourd'hui à si*
» *vertueux et si puissant Roi, donné l'ordre de la chevalerie. Certes,*
» *ma bonne épée, vous serez moult bien comme relique gardée, et*
» *sur toutes autres honorée.* »

(Anquetil, Histoire de France, 4e vol., p. 253.)

D *Ainsi faisait Bayard ; il débute à Fornoue :*

Dans la première expédition de Charles VIII en Italie, Bayard,
alors âgé de dix-huit ans, eut deux chevaux tués sous lui à
Fornoue.

L'action se passait à peu de distance de Parme, le 7 juillet 1495,
sur la rive droite du Taro. Elle fut une des plus meurtrières de
l'époque, quoique l'artillerie n'y prît presque pas de part. L'ennemi y perdit 4000 combattants, tandis que la perte des Français
ne fut évaluée qu'à 200 hommes.

Charles VIII y combattit en personne, et se précipita, dans un
moment décisif, sur l'ennemi, à la tête d'un seul escadron. Le
combat devint bientôt général sur tous les points, et se soutint
avec un acharnement égal de part et d'autre. En un instant, la
terre fut jonchée d'hommes et de chevaux, et le Roi, au milieu
de la mêlée, courait les plus grands dangers, lorsque le corps de
bataille vint le dégager.

Cette victoire ranima le moral du soldat, qui se croyait entièrement coupé, et permit à l'armée d'effectuer sa retraite en bon ordre, toujours accompagnée d'abondantes provisions. (Elle venait d'abandonner le royaume de Naples, dont la conquête avait été pour elle un triomphe constant.)

Malgré l'infériorité de ses troupes, leur épuisement et les escarmouches, Charles parvint jusqu'aux portes d'Alexandrie, laissant sur sa gauche les champs de Marengo, que les Français devaient immortaliser 300 ans après.

(Sicard , *Répert. des Connaiss. usuelles* , 27ᵉ v., p. 471.)

E *Pour lui cette journée est un simple tournois.*

Bayard, par son adresse militaire dans les tournois, avait été plus d'une fois remarqué par Charles VIII. « A Lyon, à l'âge au
» plus de dix-huit ans, il osa se mesurer, dans un tournois avec la
» lance, l'épée et la hache d'armes, contre le sire de Vaudrey,
» gentilhomme Bourguignon, et quand, après sa victoire, il passa
» devant les dames, la visière baissée, suivant l'usage, celles-ci
» virent avec surprise et frayeur cette figure si jeune et si pâle.
» Le Roi seul n'avait pas tremblé pour lui. »

(Connaiss. usuelles, art de T. T., sur Bayard, 5ᵉ v., p. 49.)

F *Et Sforce, en l'admirant, lui rend la liberté.*

Bayard, dans la deuxième campagne qu'il fit sous Louis XII, en 1499, poursuivit les fuyards avec tant d'ardeur, aux portes de Milan, qu'il entra seul avec eux dans la ville, et fut fait prisonnier, non qu'il crût prétendre s'emparer seul de la ville, mais parce qu'il s'était cru suivi de ses cinquante compagnons, comme il le dit à Ludovic Sforce, qui lui rendit noblement la liberté.

Aubert de Vitry, auteur d'un article sur Ludovic Sforce (*Connaiss. usuelles*, 49ᵉ vol.), où j'espérais puiser quelques heureux détails sur cette action vigoureuse, mais imprudente, de Bayard, n'en fait aucunement mention : il met clairement au jour les intrigues, les perfidies de ce prince aventurier, qui usurpa le duché de Milan ; il explique ses trahisons, sa fuite, son déguisement, qui ne put le soustraire au châtiment qui l'attendait en France, dans la Touraine, où il vécut enfermé dans le château de Loches, encore dix ans ; il y mourut accablé de chagrins.

Aubert de Vitry le loue d'avoir protégé les lettres et les arts, d'avoir fait construire un beau théâtre à Milan, d'avoir surtout constamment accordé une haute et libérale protection au plus ancien des grands peintres modernes, à Léonard de Vinci, qui devint le directeur de l'académie de peinture et de sculpture que Ludovic Sforce avait fondée. Cet immortel artiste répondit aux bonnes grâces de son bienfaiteur par une lyre en argent dont il tirait les sons les plus harmonieux ; par la jonction du canal de la Martesana avec celui du Tésin, œuvre presque miraculeuse ; et par la composition (se rendant encore, en cela, aux désirs de ce prince) du fameux tableau de *la Cène*, que l'on considère comme son chef-d'œuvre et l'une des merveilles de la peinture.

La conduite de Ludovic envers le chevalier Bayard est assurément aussi une des belles actions de sa vie ; elle me semble, jusqu'à un certain point, de nature à adoucir l'opinion sévère que l'on a donnée de son ambition, qu'en définitive ne justifiaient pas assez un beau caractère et des vertus éprouvées.

G *Lorsque Sotomayor devint son prisonnier.*

Dans une de ses courses aventureuses (dans le royaume de Naples, en 1502), Bayard fit prisonnier le capitaine don Alonzo de Sotomayor, proche parent du célèbre Gonzalve de Cordoue ; il lui donna un appartement dans le château de Monervino, et n'exigea de lui d'autre garantie que sa parole ; elle fut solennellement en-

gagée: mais l'Espagnol parvint à corrompre le concierge, et prit
la fuite. Repris presque aussitôt, il dut être nécessairement traité
avec quelque sévérité; et lorsque sa rançon fut payée, il ne tarda
pas à se plaindre aux siens des mauvais traitements qu'il avait
subis chez les Français, comme s'il eût été un malfaiteur.

A cette nouvelle, Bayard, indigné, le défia pour un combat à
outrance: don Alonzo en voulut dicter les conditions; et Bayard
dit à celui qui les lui avait apportées:

« Sur une bonne querelle peu me chaut d'être demandeur ou
» défendeur. »

L'Espagnol, doué d'une force herculéenne, n'ignorait pas que
Bayard était l'homme du monde le plus redoutable à cheval, et
conséquemment il insista pour le combattre à pied, *armés de*
toutes armes, réservé d'armet et de bavière; à visage découvert,
avec l'estoc et le poignard.

Après les serments faits et les cérémonies d'usage sévèrement
respectées, en présence d'un grand nombre de témoins, tous sei-
gneurs ou chefs d'armée, la lice s'ouvrit, et ils fondirent impé-
tueusement l'un sur l'autre. Sotomayor, de l'un des premiers
coups, fut blessé au visage, et sa fureur n'en parut qu'augmenter.

On eût cru voir deux sangliers aux abois et écumant de rage.
Le combat fut long, et le danger bien balancé par l'adresse et l'agi-
lité des combattants. (DE BERVILLE.)

Enfin Bayard lui porta un coup si terrible au gorgerin, que,
malgré la bonté de l'armure, l'épée entra de quatre doigts dans la
gorge d'Alonzo: le sang qu'il perdait ne fit que l'irriter davantage,
et la lutte continua avec plus d'acharnement. Tous deux, le poignard à la main, se tinrent pendant quelques minutes étroitement
enlacés; et, bientôt épuisés par de nouveaux efforts, on les vit
lourdement tomber et rouler sur la poussière. Là, ces furieux se
rejoignirent et s'attaquèrent encore: c'est dans cet instant que

Bayard porta un dernier coup de poignard à don Alonzo, et avec une telle violence, qu'il pénétra jusque dans le cerveau.

Le chevalier, tout aussitôt, se jeta à genoux pour remercier Dieu de la grâce qu'il en avait obtenue; puis, se relevant après avoir baisé trois fois la terre, il s'avança noblement vers les témoins de Sotomayor, et dit au seigneur Quignonès:

En ai-je assez fait? — Tropo, signor Bayardo, per l'onor d'Espagna, lui répondit tristement le noble Castillan.

(Extrait encore de BERVILLE.)

Je rapporte ici, comme deux pièces qui portent le cachet du temps, la lettre de provocation de Bayard, et l'arrogante réponse que lui fit Sotomayor :

« Don Alonzo, j'ai appris que, après votre retour de ma prison,
» vous vous êtes plaint de moi, et avez semé parmi vos gens que
» je ne vous ai pas traité en gentilhomme. Vous savez bien le
» contraire; mais pour ce que si cela était vrai, me serait gros
» déshonneur, je vous ai bien voulu écrire cette lettre, par laquelle
» vous prie rhabiller autrement vos paroles devant ceux qui les
» ont ouyes, en confessant, comme la raison veut, le bon et
» honnête traitement que je vous ai fait; et en ce faisant, ferez
» votre honneur et rhabillerez le mien, lequel contre raison avez
» foulé; et où seriez refusant de le faire, je vous déclare que je
» suis délibéré de vous faire dire par combat mortel de votre per-
» sonne à la mienne, soit à pied ou à cheval, ainsi que vous plai-
» ront les armes. Et adieu. De Monervino, le 10 juillet. »

Le même trompette lui rapporta l'écrit suivant :

« Seigneur de Bayard, j'ai vu votre lettre que ce porteur m'a
» bâillée, et entre autres choses dites dedans icelle avoir été semé
» paroles devant ceux de ma nation que ne m'avez pas traité en
» gentilhomme, moi étant votre prisonnier, et que si je ne m'en

» dédis, êtes délibéré de me combattre. Je vous déclare que oncques
» ne me dédis de chose que j'ai dite, et n'êtes pas homme pour
» m'en faire dédire; par quoi du combat que me présentez de vous
» à moi, je l'accepte entre ci et quinze jours, à deux milles de
» cette ville d'Andres, ou ailleurs que bon vous semblera. »

II *Au galant chevalier ose vendre sa fille.*

A Grenoble, il rendit vierge à sa mère une jeune fille qu'il avait
achetée, et qui lui fit connaître, en pleurant, sa noblesse et sa
misère.

Cette mère, effrayée de l'indignation de Bayard, et des reproches
dont il l'accablait si justement, lui avoua qu'en effet la faim, pour
ainsi dire, l'avait poussée à cette action coupable.

—Mais dites-moi, répliqua Bayard, est-il quelqu'un qui vous
l'ait demandée?

— Un de nos voisins, répondit-elle, honnête homme et à son
aise; mais il veut une dot de 600 florins, et tout ce que je possède au monde n'en vaut pas la moitié.

C'est alors que Bayard se fit apporter un sac d'argent. Il en
tira un peu plus que la somme demandée; il y ajouta cent écus
pour un trousseau, et il remit à la jeune fille elle-même cent
autres écus. Son domestique demeura chargé d'en surveiller l'emploi. Peu de jours après, la jeune personne était mariée.

I *Du breuvage de mort qu'un prince lui prépare.*

Pour justifier de la sévérité de cette strophe, je me suis reporté
à l'histoire de Louis XII écrite par Anquetil, à l'article de Bayard,
fourni par T. T., *Répertoire des connaissances usuelles*, ainsi qu'au
bel article des *Trois papes Jules*, dans le même grand ouvrage, dû
à Viennet, membre de l'Académie française. J'ai également consulté de Berville.

Voici l'analyse qu'une lecture réfléchie de ces divers témoignages, à la fidélité desquels il est juste aussi de croire, m'a permis de faire du règne orageux de ce pontife, sous lequel l'Italie fut si cruellement trempée du sang français.

Ce que dit T. T., en ce qui touche le danger auquel Bayard eut le bonheur d'échapper, par suite des méchantes intrigues du Pape, se borne à ce passage :

Il refusa de faire empoisonner Jules II, et menaça le duc de Ferrare d'avertir le Pape, qui pourtant avait traîtreusement *négocié sa perte et celle de ses compagnons.*

Je dois ici faire remarquer que l'aperçu donné par T. T. résume avec une grande exactitude tous les faits glorieux de la vie de Bayard, tels qu'ils sont relatés, nécessairement avec plus de détails, dans les divers ouvrages que j'ai compulsés; et pourquoi dès-lors T. T. faillirait-il à l'égard d'une action aussi éminemment honorable pour mon héros?

Guillaume Budé donne à Jules II *le nom de chef sanguinaire, de gladiateur.*

L'historiographe Jean Le Maire le compare *au grand Tamerlan, soudan des Tartares,* expressions que je considère comme exagérées, mais qui n'en constatent pas moins l'oubli de la divine mission que Jules avait à remplir sur la terre.

On disait de lui *qu'il avait jeté les clefs de saint Pierre dans le Tibre, pour ne se servir que de l'épée de saint Paul.*

Je passe sous silence, par respect pour la dignité de la tiare, les vices qu'on lui reprochait.

En ne jetant qu'un coup d'œil rapide sur la vie militaire du souverain pontife, possédé, ainsi qu'on l'a judicieusement dit, du démon des batailles, il est facile de reconnaître :

Qu'en 1504, Jules II, après avoir obtenu du Roi de France tous les secours qu'il en attendait pour favoriser ses desseins contre la république de Venise, abandonne Louis XII, parce qu'il le voit malheureux, et il se ligue contre lui avec cette même république.

Ce Prince l'a aussi vainement aidé dans sa conquête de Bologne, qu'il fait sur la famille Bentivoglio ; le Pape l'en récompense en suscitant la révolte des Génois en 1507.

En 1509, au siége de Padoue, ses soldats, qui faisaient partie de l'armée assiégeante, tiraient de nuit sur les Français. Le Pape se réconciliait secrètement avec les Vénitiens ; il devient bientôt leur protecteur, moyennant l'abandon des places qu'il convoitait ; et, sur de légers prétextes, il se brouille de nouveau avec Louis XII, ne se contient plus dans ses démonstrations de haine ; il commence en 1510 ses hostilités contre lui, par l'arrestation des ambassadeurs de France à Rome, par une tentative sur Gênes, qui fut infructueuse, et par une irruption dans les états du duc de Ferrare. Il donne l'investiture de Naples à Ferdinand d'Aragon, au mépris des droits et des protestations de Louis XII, lui cherche partout des ennemis, et l'altier vieillard, dans son aveugle fureur, l'excommunie.

En 1511, il fait le siége de la Mirandole, en suit les travaux, enlève injustement cette place au duc de Ferrare, notre allié. C'est à l'époque de ce siége que peu s'en fallut que Bayard ne le surprit dans une embuscade habilement dressée, et dont une tourmente de neige, survenue à propos pour le Pape, empêcha l'effet. Lorsque Bayard, à la poursuite des fuyards, parut à l'extrémité du pont qui le séparait du pontife, celui-ci n'eut que le temps de sauter à bas de sa litière et d'aider même à hausser le pont-levis.

Mais, comme dernier trait d'une conduite infâme que l'histoire voue au mépris des hommes, écoutons actuellement de Berville:

« Le projet qu'avait eu Jules II de s'emparer de Ferrare par

» trahison, ne se trouvant pas plus heureux que celui de l'assiéger,
» il en imagina un troisième qui fait horreur: ce fut de faire pra-
» tiquer le duc de Ferrare secrètement, pour qu'il livrât les Fran-
» çais à sa discrétion. Augustin Guerlo fut chargé par Jules d'aller
» lui offrir une de ses nièces pour son fils aîné. *Il ne faut pour cela,*
» *disait-il, que les congédier, et leur déclarer n'avoir plus besoin*
» *de leurs services: il faudra nécessairement qu'ils passent sur*
» *mes terres, et je ne veux pas qu'il m'en échappe un seul.* »

Voilà Jules II! Et lorsque le duc de Ferrare, à son tour, veut
employer les mains homicides du même misérable, pour se défaire,
par le poison, de son terrible ennemi, Bayard s'en indigne, et il
menace le duc d'aller en instruire le Pape, s'il persiste dans une
aussi funeste résolution.

Viennet, que j'ai déjà cité, termine ainsi son article sur Jules II:

« Sa mémoire ne peut être lavée de sa lâche ingratitude envers
» la France, où, pendant le règne de Borgia, il avait trouvé un
» asile pour sa tête. »

Défendu par lui seul, un pont devient un fort.

C'est dans la malheureuse campagne de 1503, que Bayard
sauva l'armée française en retraite. Il avait aperçu un corps espagnol qui s'emparait des hauteurs pour tomber sur l'infanterie française et l'arrêter dans sa marche: Bayard partit avec un seul
écuyer pour l'observer et prendre poste à l'extrémité d'un pont
étroit sur le Garigliano, et par où cette colonne devait déboucher
dans la plaine. Il la voit bientôt s'avancer sur lui, et il dépêche à
l'instant son écuyer pour lui amener du secours. Voilà donc Bayard
seul, la lance au poing, faisant face à cette masse ennemie: il lui
porta de si terribles coups, qu'il renversa d'abord quatre hommes

d'armes, dont deux tombèrent dans le torrent et ne reparurent plus. Les Espagnols, animés par cette perte, se ruèrent sur Bayard avec plus de rage : mais lui, l'épée à la main, « *se défendit* » *si très-bien, qu'ils ne cuidaient point que ce fût un homme, mais* » *un diable.* »

K *L'impétueux Bayard nous rend la Lombardie.*

A la bataille d'Agnadel, qui porte le nom du village près duquel elle fut livrée, en 1509, sur les confins des états de Venise, touchant au Milanez, Bayard, placé à l'arrière-garde, traversa les marais qui le séparaient des ennemis ; il les prit en flanc, et décida la victoire. Louis XII commandait lui-même le corps de bataille. Les francs mercenaires qui étaient devant lui ne purent résister long-temps au choc de sa gendarmerie, qu'il encourageait encore par son exemple. Les balles et les boulets tombaient comme grêle autour de lui ; et on le pressait de se retirer et de donner ses ordres plus loin : *Que ceux qui ont peur*, répondit-il gaîment, *se mettent à couvert derrière moi.*

L *Ils redoutaient un juge, ils trouvent un sauveur.*

Lorsqu'en 1507, Louis XII passait les Alpes et marchait sur Gênes, pour la punir de sa rébellion, Bayard se trouvait à Lyon, retenu par une fièvre quarte, et plus gravement incommodé des suites d'une blessure produite par un coup de pique. Il se serait cru déshonoré de ne pas suivre le Roi dans cette expédition, et, en deux jours, ses équipages furent prêts. Il se montra encore un des premiers dans les gorges des Alpes, et contribua pour beaucoup à déterminer la soumission des Génois, et la prise de leur ville.

M *Et l'enivre en riant des parfums de Capoue.*

« Ville célèbre où Annibal, après la ruine complète de l'armée
» romaine, à la bataille de Cannes, s'endormit dans son triomphe.
» Ses soldats furent tellement amollis par les délices de cette ville,
» qu'ils ne purent, au printemps suivant, supporter le choc des
» Romains.

» Capoue faisait face à des plaines superbes, entrecoupées de
» promenades agréables qu'ombrageaient le pin, le platane, le
» melèze, le thuia, l'oranger, le myrthe et l'olivier, et qui étaient
» bordées de toutes parts par des champs entiers couverts de roses
» magnifiques, d'œillets, de jasmin et autres fleurs odorantes,
» qui servaient à fabriquer les parfums dont les Capouans faisaient
» un grand commerce. »

(Extrait d'un article sur l'ancienne Capoue, par J.
SAINT-AMOUR, Répert. des Conn. usuelles.)

N *Bayard dans Brescia chérissait ses douleurs.*

Cette ville, en 1512, fut reprise et enlevée d'assaut par Gaston
de Foix, duc de Nemours, surnommé par les Espagnols : *Foudre
d'Italie.* La vie de ce prince, neveu de Louis XII, fut courte, mais
brillante. Il fut tué sur ses propres lauriers, lorsqu'il venait de remporter la victoire de Ravennes. Le brave et vaillant Gaston n'avait
que vingt-quatre ans.

On a dû raisonnablement lui faire ce reproche : c'est que, contre
les intérêts de son armée, il n'épargna pas assez Brescia, dont
l'heureuse situation dans le voisinage de trois belles et riantes val-
lées, pouvait, indépendamment de la richesse de son territoire, lui
assurer des secours immenses en hommes et en vivres. Brescia fut
impitoyablement livrée au pillage, et ses habitants ne furent pas
plus épargnés que la garnison. C'est à la prise par assaut de cette
ville que Bayard, en franchissant un rempart, reçut un si terrible

coup de pique, que le fer y resta avec le tronçon rompu ; et lorsque Gaston en fut instruit, il s'écria : *Camarades, vengeons la mort du plus accompli chevalier qui fut oncques; suivez-moi.*

O *Et sous leurs yeux la mort aurait donc des douceurs.*

Aucun des auteurs que j'ai consultés ne donne le nom du gentilhomme brescian, non plus que le nom de famille de la noble dame qui offrirent à Bayard une aussi touchante hospitalité. Il est vrai que, pour cette mère et les deux belles personnes ses filles, elles durent, dans le désordre affreux que présente une ville prise d'assaut, considérer comme l'effet d'une protection divine, le dépôt qu'on leur fit en la personne du plus illustre chevalier de l'armée de Gaston.

P *C'est la voix de Gaston, du glorieux Nemours.*

Voici comment s'exprime le bon Godefroy, dans une langue dont est sortie orgueilleusement la nôtre :

« Sept ou huicts jours feut à Bresse ce gentil duc de Nemours, où une fois le iour, pour le moings alloit visiter le bon chevalier, lequel il reconfortoit le mieulx qu'il pouuoit, et souuent luy disoit :

— « Hé ! monseigneur de Bayard, mon ami, pensez de vous
» guérir ; car ie scay bien qu'il fauldra que nous donnions une
» bataille entre cy et un mois ; et si ainsi estoit, i'aimerois mieulx
» auoir perdu tout mon vaillant que n'y feussiez, tant i'ay grande
» fiance en vous. » — Godefroy nous apprend aussi que le duc de Nemours fit au blessé force présents, et qu'une fois il lui envoya 500 écus, que le généreux Bayard donna aux deux archers qui lui avaient rendu des soins jusqu'à ce qu'il fût à peu près rétabli de ses blessures.

. . . . *O mon Roi,*

Q *Je pourrai donc bientôt combattre encor pour toi !*

« Le bon chevalier, qui s'était cru blessé à mort, en fut quitte
» pour garder la chambre cinq ou six semaines, et sa blessure
» allait toujours de mieux en mieux, mais non pas assez vîte à
» son gré; il ne voyait pas sans inquiétude approcher l'époque de
» la bataille que le duc de Nemours était résolu de livrer aux Es-
» pagnols, où, pour tout l'or du monde, il n'aurait pas voulu
» manquer de se trouver. Et lorsque son chirurgien l'assura que
» sa blessure était entièrement guérie, et qu'il ne fallait plus que
» la laisser se cicatriser en continuant à se servir de l'onguent
» qu'il lui avait donné, Bayard, transporté de joie, le récompensa
» avec sa libéralité ordinaire, et il résolut de partir dans deux
» jours. »

(DE BERVILLE, *liv.* V. *p.* 307.)

R *Il dotera les sœurs; son or n'est pas à lui.*

Je n'ai pas très-fidèlement rapporté ce beau trait de Bayard,
tel qu'il s'est passé. J'ai cherché à le rendre avec cette rapidité
soutenue dont je me suis fait une règle dans une pièce de vers où
je cite de beaux souvenirs en négligeant les détails.

Bayard, dans cette campagne aussi bien que dans les précé-
dentes, ne jouissait que d'un assez faible revenu, qu'absorbaient
bientôt ses incessantes libéralités.

Ici, l'or qu'il avait tout récemment reçu, malgré ses instances
pour le refuser, était le bien faible prix que ses honorables hôtes
de Brescia croyaient mettre aux services immenses que Bayard,
blessé, leur avait rendus en les préservant de l'insulte, du pillage
et de tous les excès commis dans cette malheureuse ville, lorsqu'elle fut prise d'assaut. Il accepta donc les 2500 ducats renfermés
dans un petit coffre d'acier fort galamment orné; mais Bayard,

vaincu par la délicatesse du procédé, voulut tout aussitôt que cette somme fût partagée en trois lots, dont deux chacun de mille ducats, le dernier de cinq cents.

Je laisse actuellement parler de nouveau de Berville :

« Les jeunes filles étant entrées, commencèrent par se jeter à
» genoux, mais il les fit relever et s'asseoir; ensuite l'aînée lui dit :
» — Vous voyez en nous deux jeunes filles qui vous doivent la vie
» et l'honneur; nous sommes bien fâchées de n'avoir d'autre puis-
» sance pour reconnaître vos grâces, que de prier Dieu toute notre
» vie pour vous, et de lui demander qu'il vous récompense en ce
» monde et en l'autre.

» Bayard, attendri presque jusqu'aux larmes, les remercia lui-
» même du secours et de la bonne société qu'il avait trouvés chez
» elles (car elles lui faisaient journellement compagnie, et le di-
» vertissaient en travaillant dans sa chambre, soit en chantant,
» soit en jouant du luth auprès de lui). Vous savez, leur dit-il,
» que les gens de guerre ne sont pas ordinairement chargés de
» bijoux ou autres choses à présenter aux demoiselles; mais ma-
» dame votre mère vient de m'obliger de recevoir d'elle 2500 ducats
» que vous voyez là. Je vous en donne à chacune mille pour con-
» tribuer à vous marier. Et, malgré elles, il les leur fit accepter,
» ne leur demandant autre chose que de prier Dieu pour lui. En-
» suite, s'adressant à la mère : — Madame, lui dit-il, ces 500 du-
» cats sont à mon profit, et l'usage que j'en veux faire, c'est de
» les distribuer aux pauvres monastères de filles qui auront le plus
» souffert du pillage; et comme je vais partir, et que vous êtes plus
» en état que moi de connaître où sera le plus grand besoin, je me
» repose sur vous de cette bonne œuvre, et tout de suite je prends
» congé de vous et de vos filles. — Elles se jetèrent de nouveau
» à ses pieds, en faisant des gémissements comme des personnes
» qui perdaient un père; elles lui tinrent les mains fermées dans

7

» les leurs ; et la mère, pour dernier adieu, lui dit, pouvant à
» peine retenir ses sanglots : — *Trop généreux chevalier, Dieu seul*
» *peut récompenser vos vertus ; nous ne cesserons de le lui deman-*
» *der tous les jours de notre vie.* — Après quoi elle se retira avec
» ses filles. »

Peu de jours après, et à l'heure de son départ, les deux belles personnes se présentèrent à lui ; et voici comment Godefroy, dans notre vieux langage, exprime l'offre des deux présents qu'elles firent au preux chevalier :

L'un estoit deux iolis et mignons bracelets faicts de beaux cheu-
ueulx de fil d'or et d'argent, tant proprement que merueille ; l'autre
estoit vne bourse sur satin cramoisy, ouurée moult subtilement.
Grandement les remercia, et dit que le présent uenoit de si bonnes
mains, qu'il l'estimoit dix mille écus ; et pour plus les honorer, se
fait mectre les bracelets aux bras, et la bourse mect en sa manche,
les assurant que tant qu'ils dureroient, les porteroit pour l'amour
d'elles. Sur ces paroles, monta à cheual le bon cheualier, lequel
feut accompagné de son grand compagnon, le seigneur d'Aubigny.

S *C'est un père adoré qu'en leurs bras triomphants,*
    Portent, fiers de leur poids, de glorieux enfants !

« Et hommes d'armes et aduenturiers en demenoient telle ioye,
» qu'il sembloit, par sa venue, que l'armée en feut renforcée de
» dix mille hommes ! »   (Godefroy.)

T *Qu'il nous aide à briser les portes de Milan.*

La ville de Milan était toute démantelée, et ses fortifications en partie détruites, lorsque l'amiral Bonnivet, qui avait manqué d'énergie et d'habileté pour l'enlever, se vit contraint d'abandonner la position et de repasser le Tesin, pour ne pas être lui-même coupé de ses magasins par les alliés.

U *Peut-être il nous réserve un second Marignan.*

La bataille de Marignan se livra en 1515, sur le Lambro, à 4 lieues de Milan. Les Suisses laissèrent sur le champ de bataille 14,000 morts ou blessés ; les Français y perdirent environ 4000 hommes. Elle fut considérée comme un combat de géants par le maréchal de Trivulce, qui avait assisté à dix-sept batailles. *Comparées à celle-ci, elles n'avaient été*, disait-il, *que des jeux d'enfants.*

V *Amis, à cheval ! honte à qui nous abandonne.*

Allusion à la honteuse défection du connétable de Bourbon, qui dirigea toute l'action contre l'armée française. Il y perdit le duc de Châtellerault son frère ; première affliction qui, loin de l'arrêter dans ses criminelles entreprises, le rendit encore plus ardent à ruiner la fortune de François Ier en Italie.

W *Plus de repos pour nous, il faut sauver Crémone.*

Sans la constance du capitaine Janot d'Herbouville, les Français auraient perdu le château de Crémone, leur dernière place de défense ; le chevalier Bayard y arriva à travers les postes de l'armée ennemie, devenue plus forte que celle du roi de France. Janot avait si bien inspiré sa valeur à ses soldats, et tellement gagné leur confiance, que, déterminés à ne se pas rendre, ils souffrirent avec lui les dernières extrémités de la famine, et en furent victimes comme lui : ils étaient exténués, desséchés, et ayant à peine figure humaine. Exemple mémorable d'une bravoure réfléchie et persévérante, plus rare que l'intrépidité du courage (1522).

(Ces dernières notes ont été puisées ou analysées dans l'Histoire de France écrite par Anquetil, règne de François Ier, vol. IV.)

X *Demain, au point du jour, nous surprendrons Pescaire.*

Le marquis de Pescaire commandait l'armée espagnole ; mais toujours sous la direction du transfuge le connétable de Bourbon.

Y *Du traître qui le plaint c'est lui qui plaint le sort.*

C'est près d'un pont sur la Sésia, en 1524, que Bayard, soutenant le choc de l'armée ennemie, et dans la deuxième charge qu'il fit sur elle pour couvrir notre infanterie, fut mortellement atteint d'un coup d'arquebuse à croc. Affaibli par le sang qui sortait de sa blessure, et la douleur ne lui permettant pas de souffrir le mouvement du cheval, il se fit descendre et appuyer contre un arbre, le visage tourné vers l'ennemi.

Z *En soldat, en chrétien, plein d'amour et de foi.*

Le connétable de Bourbon s'avança vers lui, comme il allait rendre le dernier soupir : —Ah ! s'écria-t-il, Bayard, que je vous plains !—*Non, monseigneur, ce n'est pas de moi,* lui répondit le mourant, *c'est de vous qu'il faut avoir pitié. Je meurs en homme de bien, et vous, aujourd'hui, contre l'honneur et vos serments, vous avez les livrées d'Espagne sur les épaules, et vos armes à la main sont encore toutes dégouttantes du sang français.*—Bourbon passa outre, la tête baissée, et ne répliqua point. Il cachait déjà et dévorait sa honte.

Henri Martin, auteur d'un bel article sur cet illustre transfuge, s'exprime ainsi :

« Cette impression fut passagère : les hommes de cette trempe » ne reviennent jamais sur leurs pas. »

Et plus loin, il nous dit :

« Elevé au milieu des souvenirs vivants encore de ces grands » vassaux habitués à guerroyer contre leur souverain, un prince